La loi suisse (23 avril 1883, art. 2) n'accorde à l'auteur le droit exclusif de traduction que s'il en use dans un délai de cinq ans.

La loi hongroise (26 avril 1886, art. 7) exige une réserve expresse dans l'original et, de plus, que la traduction soit commencée dans le délai d'un an et achevée dans celui de trois ans. Si l'une ou l'autre des conditions manque, le droit de l'auteur s'évanouit.

La loi danoise (23 février 1866) veut qu'une réserve soit faite par l'auteur et que la traduction, commencée dans l'année, soit achevée en deux ans. Elle prescrit de plus le dépôt.

La loi allemande (1er juin 1870, art. 6 et 15) s'inspire des mêmes idées et les exagère encore ; car, outre la réserve que doit faire l'auteur pour garder son droit, il est tenu, à peine de déchéance, de publier sa traduction dans le délai d'une année seulement.

La loi italienne (19 septembre 1882, art. 12) est plus libérale, en ce sens qu'elle n'impose à l'auteur ni réserve, ni délai pour faire paraître sa traduction ; mais elle limite son droit à dix années seulement, au lieu de quatre-vingts que dure, en Italie, le droit sur l'original. Pendant dix ans, à partir de la publication de l'œuvre, l'auteur peut interdire toute traduction ou poursuivre comme contrefaçon toute traduction qu'il n'aurait pas autorisée, sans être tenu d'ailleurs lui-même d'en publier une.

La loi des Pays-Bas (28 juin 1881, art. 5) exige une réserve de la part de l'auteur, la publication de sa traduction dans un délai de trois ans, et, en outre, fait cesser le droit exclusif de traduction au bout de cinq ans.

La loi suédoise (10 août 1877, art. 3 et 10 janvier 1883) ne protège le droit de traduction que pendant cinq ans, à la double condition que l'auteur se le soit réservé et qu'il en ait usé dans le délai de deux ans.

La loi autrichienne (19 octobre 1846, art. 5) n'accorde à l'auteur le droit exclusif de traduction que pendant une année, et, bien entendu, à la condition qu'il en fait réserve expresse.

En Norwège (loi du 8 juin 1876, art. 5) l'auteur n'est protégé contre la traduction que si elle a lieu dans un dialecte de la langue dans laquelle l'ouvrage est écrit, ou si l'ouvrage n'a pas été imprimé, ou s'il est écrit dans une langue morte, c'est-à-dire que l'auteur n'est pas protégé contre les traducteurs.

Tel est le tableau des principales législations tel qu'il a été présenté au Congrès par M. E. Pouillet, avocat à la cour de Paris. Voici comment l'honorable avocat a résumé l'esprit des conventions internationales sur la question spéciale du droit de traduction.

Si l'on jette maintenant les yeux sur le droit international et sur les rapports qui, au point de vue de cette question de la traduction, se sont établis entre les différents peuples, on observe aussi de grandes divergences.

Certaines conventions assimilent, pour la durée, le droit de l'auteur sur la traduction à son droit sur l'original, à la condition toutefois qu'il en ait fait la réserve ; telles sont les conventions (1) entre l'Espagne et les Pays-Bas, du 31 décembre 1862 ; l'Espagne et le Portugal, du 9 juin 1880 ; l'Espagne et la France, du 16 juin 1880 ; l'Espagne et la Belgique, du 26 juin 1880 ; l'Espagne et l'Italie, du 28 juin 1880 ; la France et la Belgique du 4 janvier 1882.

Telles sont encore la convention entre la France et l'Autriche-Hongrie, du 11 décembre 1886, avec cette particularité qu'un enregistrement est exigé, et la convention entre l'Autriche-Hongrie et l'Italie, qui met, en outre, pour condition de la protection, que l'auteur publiera sa traduction dans le délai de six mois à partir de la publication de l'original.

La convention entre la France et le Salvador, du 2 août 1882, est la plus favorable de toutes ; elle admet purement et simplement que le droit de traduction est compris dans le droit exclusif de l'auteur sur son œuvre.

Viennent ensuite des conventions qui n'accordent à l'auteur le droit de traduction que pendant dix années, à la condition toutefois qu'il ait publié lui-même une traduction dans un délai maximum de trois ans (France-Allemagne, 19 avril 1883 ; Belgique-Allemagne, 12 décembre 1883 ; Italie-Allemagne, 20 juin 1884 ; France-Italie, 9 juillet 1884) ; — avec obligation, en outre, d'un enregistrement (Italie-Suisse, 22 juillet 1888 ; France-Suisse, 23 février 1882).

On trouve des conventions qui, moins libérales encore, restreignent le droit de traduction à cinq années, sous la triple condition que l'auteur en fasse réserve expresse sur l'original, qu'il publie lui-même une traduction dans un délai minimum de trois ans, et qu'il fasse enregistrer son ouvrage ou même en opère le dépôt (Angleterre-Allemagne, 13 mai 1846 et 14 juin

____

(1) Le texte officiel de la plupart de ces conventions se trouve dans : CH. CONSTANT, *Code général des Droits d'auteur*, p. 334 à 380.

LA
PROPRIÉTÉ LITTÉRAIRE ET ARTISTIQUE

ET LES

CONGRÈS INTERNATIONAUX DE 1889

L'exposition de 1889 a fourni, comme celle de 1878, l'occasion de réunir en Congrès internationaux un grand nombre de personnes venues de tous les points du monde, et d'amener celles-ci à échanger leurs idées sur un grand nombre de questions économiques et juridiques.

Parmi ces Congrès, ceux de la propriété industrielle, de la propriété littéraire et de la propriété artistique ont présenté un intérêt tout particulier pour ceux qui s'occupent des diverses législations en ces matières. Les discussions et les résolutions des Congrès de 1878 ont eu pour résultat immédiat les deux conventions internationales de Berne de 1883 et de 1886, qui ont créé entre divers pays une Union pour la protection de la propriété industrielle, littéraire et artistique; les trois Congrès de 1889 ne peuvent manquer d'avoir pour résultat prochain l'amélioration de ces conventions internationales et peut-être même, dans un avenir plus éloigné, l'unification des législations internes.

Quoi qu'il en soit, nous avons pensé qu'il convenait de noter ici les résolutions adoptées par ces divers Congrès, et d'en préciser l'esprit et la portée. C'est le but de notre modeste étude (1).

I. — Congrès de la propriété littéraire.

Le Congrès international de la Société des gens de lettres, organisé avec le concours de l'Association littéraire internationale, a tenu ses séances à Paris, dans un des salons du Ministère de l'Instruction publique, du 20 au 27 juin 1889, sous la présidence de M. Jules Simon, sénateur.

Le programme des travaux du Congrès comprenait une série

(1) Dans cette première étude nous ne nous occuperons que de la propriété littéraire et artistique. Une seconde étude sera prochainement consacrée à la propriété industrielle.

de questions relatives surtout au droit de traduction et à la reproduction des articles de journaux. Voici quelques explications sur les résolutions adoptées (1).

DROIT DE TRADUCTION.

L'auteur d'une œuvre littéraire a le droit exclusif d'en faire ou d'en autoriser la traduction.

Il n'y a pas lieu d'obliger l'auteur à indiquer, par une mention quelconque sur l'œuvre originale, qu'il se réserve le droit de la traduire.

Il n'y a pas lieu d'impartir à l'auteur ou à ses ayants cause un délai, quel qu'il soit, pour faire la traduction.

La question de savoir si l'écrivain a le droit exclusif de faire ou d'autoriser la traduction de son œuvre était, à l'heure actuelle, une des plus importantes à résoudre, dans l'intérêt des auteurs d'œuvres littéraires. Les divergences qui existent encore entre les législations des divers pays rendaient nécessaire un nouvel examen de la question.

En France, la loi du 19 juillet 1793 parle uniquement des droits de l'auteur sans dire un mot de la traduction ; mais les tribunaux n'ont jamais hésité à déclarer que la traduction, lorsqu'elle n'est pas autorisée par l'auteur, constitue une atteinte à son droit, et par conséquent une contrefaçon (2).

L'Espagne (loi du 10 janvier 1879, art. 2), la Belgique (loi du 22 mars 1886, art. 12), prohibent formellement toute traduction non autorisée par l'auteur.

Il semble en être de même, quoique les lois sur ce point spécial restent assez confuses, en Angleterre (loi du 28 mai 1852, art. 7) et aux États-Unis (contrat de 1873).

La loi mexicaine (1ᵉʳ mars 1871) prohibe bien la traduction faite sans l'assentiment de l'auteur, mais c'est à la condition que, dans l'original, l'auteur se réserve formellement la faculté de traduire son ouvrage et déclare en même temps si la réserve est spéciale à une langue déterminée ou si elle s'applique à toutes les langues.

(1) Toutes les parties de cette étude qui sont transcrites en *italiques* constituent le texte même des résolutions adoptées.

(2) Nous empruntons le résumé de la législation ci-dessus au rapport présenté par M. E. Pouillet, au 2ᵉ Congrès international de la Société des gens de lettres (Paris, 1889). — On pourra consulter la traduction française de toutes les lois et conventions citées, dans notre *Code général des Droits d'auteur* (Paris, G. Pedone-Lauriel, 1888 ; vol. in-16 de 889 pages).

1855 ; Angleterre-France, 3 novembre 1851 ; Angleterre-Belgique, 12 août 1854 ; Angleterre-Espagne, 11 août 1880 ; Angleterre-Italie, 30 novembre 1860 (1) ; Belgique-Portugal, 11 octobre. 1866 ; Belgique-Suisse, 25 août 1867 ; Allemagne-Suisse, 13 mai 1869 ; France-Suède, 29 juillet 1884).

Notons, en passant, que, dans la plupart des conventions, le délai de publication de la traduction, qui est d'ordinaire de trois ans, est réduit à trois mois lorsqu'il s'agit d'une œuvre dramatique.

Telle était la situation faite aux auteurs nationaux ou étrangers, pour le droit de traduction, par les diverses législations et par les conventions internationales, quand intervint, le 9 septembre 1886, la convention d'union de Berne (2).

Par son article 5, cette convention accorde aux auteurs ressortissant à l'un des pays de l'Union le droit exclusif, dans les autres pays, de faire ou d'autoriser la traduction de leurs ouvrages pendant dix années, à partir de la publication de l'œuvre originale dans l'un des pays de l'Union.

La convention n'impose d'ailleurs aux auteurs aucune formalité ni réserve à exprimer dans l'original, ni délai pour publier une traduction. L'auteur, pendant dix ans, jouit du droit exclusif de traduction, qu'il en use ou qu'il n'en use pas. Toute traduction publiée dans ce délai, sans autorisation de l'auteur, est une contrefaçon.

La seule condition, pour que l'auteur puisse invoquer le bénéfice de la convention, c'est qu'il ressortisse lui-même à l'Union et qu'il ait publié son ouvrage dans l'un des pays de l'Union.

Les pays signataires de l'Union sont, on le sait, l'Allemagne, la Belgique, l'Espagne, la France, l'Angleterre, l'Italie, la Suisse, la Tunisie et la république d'Haïti (3).

(1) L'ordonnance du 28 novembre 1887, qui règle, en Angleterre, la mise en vigueur de la convention de Berne, abroge les conventions passées avec des nations qui font toutes, de leur côté, partie de l'Union. — Se reporter au texte de cette ordonnance : dans CH. CONSTANT, *Code général des Droits d'auteur*, p. 209.

(2) Le texte de la convention internationale de Berne du 9 septembre 1886 se trouve reproduit et annoté dans CH. CONSTANT, *Code général des Droits d'auteur*, p. 3 à 30.

(3) Par dépêche en date du 30 mai 1889, l'ambassade de France à Berne a notifié au Conseil fédéral suisse l'accession de la principauté de Monaco à la convention de Berne de 1886. — Ajoutons qu'une ordonnance souveraine du 27 février 1889, dont l'entrée en vigueur est du 1er juin suivant, règle dans la principauté de Monaco la protection des œuvres littéraires et artistiques.

Parmi les pays qui avaient, avec d'autres nations, en matière de propriété littéraire, des conventions internationales, l'Autriche-Hongrie, l'Espagne et les Pays-Bas n'ont pas adhéré à la convention de Berne.

Sont encore, parmi les grands États, en dehors de la convention, les États-Unis, qui n'ont jamais signé aucune convention particulière, et la Russie, qui, ayant dénoncé ses conventions, est aujourd'hui libre de tout engagement.

Il est certain qu'en étendant à dix années le droit de traduction et surtout en supprimant toutes obligations de réserve et de publication dans un délai déterminé, la convention internationale de Berne de 1886 a rendu un grand service aux auteurs. Mais ce n'est peut-être là qu'un acheminement vers l'assimilation pure et simple du droit de traduction avec le droit de reproduction (1), et la formule même qui se rencontre dans l'article 12 de la loi belge du 22 mars 1886, à savoir : « Le droit de l'auteur sur une œuvre littéraire comprend le droit exclusif d'en faire ou d'en autoriser la traduction, » s'impose de plus en plus aux législateurs de tous les pays.

C'est en ce sens que le Congrès international de la Société des gens de lettres s'est avec raison prononcé ; c'est une solution analogue qui a été adoptée par la Conférence internationale de la propriété des œuvres littéraires et artistiques, réunie à Berne le 5 octobre 1889, dans le but de préciser les modifications qu'il y aurait lieu d'apporter à la convention de Berne du 9 septembre 1886. La modification proposée, au point de vue du droit de traduction, est la suivante. « Les auteurs ressortissant à l'un des États contractants jouiront dans tous les autres pays de l'Union du droit exclusif de traduction pendant toute la durée de leur droit sur leurs œuvres originales, s'ils ont fait usage de ce droit dans un délai de dix ans » (2).

---

(1) C'est bien ainsi d'ailleurs que semblent l'avoir compris les auteurs de la Convention de Berne (Voir : Ch. Constant, *Code général des Droits d'auteur*, p. 9, note 1. — Sans l'assimilation complète du droit de traduction au droit de reproduction, la protection du droit d'auteur est illusoire car, dans les rapports internationaux, comme l'a fait justement observer M. le consul général Lavollée, c'est presque toujours la traduction qui est le mode normal de reproduction.

(2) L'article 5 de la Convention de Berne du 9 septembre 1886 est actuellement ainsi conçu : « Les auteurs ressortissant à l'un des pays de l'Union, ou leurs ayants cause, jouissent, dans les autres pays, du droit exclusif de faire ou d'autoriser la traduction de leurs ouvrages jusqu'à l'expiration de

ARTICLES DE JOURNAUX. — FAITS DIVERS. — ROMANS FEUILLETONS.

Les articles de journaux et de recueils périodiques ne peuvent être reproduits ou traduits sans l'autorisation de l'auteur.

L'auteur n'est astreint à aucune mention spéciale de réserve ou d'interdiction.

Tout journal peut reproduire un article politique publié dans un autre journal, à la condition d'en indiquer la source et le nom de l'auteur si l'article est signé, à moins que cet article ne porte la mention spéciale que la reproduction en est interdite.

Les faits divers, les nouvelles et télégrammes peuvent être reproduits sans autorisation, à moins qu'ils ne constituent une œuvre littéraire.

Les romans-feuilletons ne peuvent être reproduits sans l'autorisation de l'auteur, qui n'est d'ailleurs astreint à aucune mention spéciale de réserve ou d'interdiction.

Le droit de traduction sera protégé de la même façon que le droit sur l'œuvre originale et pour le même temps.

Il n'y a pas lieu d'imposer aux auteurs d'articles de journaux ou de recueils périodiques l'obligation d'en interdire la reproduction.

M. Huard, dans son rapport présenté au Congrès sur les diverses questions relatives aux articles de journaux et de recueils périodiques, a justifié les solutions ci-dessus en ces termes : « C'est une vérité universellement reconnue que toute œuvre littéraire est la propriété de son auteur et que nul ne peut la reproduire sans son consentement. Nous ne voyons aucune raison de déroger à ce principe lorsqu'il s'agit de romans-feuilletons ou d'articles de journaux et de recueils périodiques qui traitent des questions d'histoire, de science, d'art ou de littérature. Ces différents écrits, même les plus modestes, sont le résultat d'un travail personnel; ce travail justifie le droit exclusif de l'auteur, et il serait injuste qu'un autre en recueillît le profit. Il nous paraît inutile que l'auteur indique expressément son intention de réserver ses droits ; la présomption est qu'il entend ne pas les abandonner.

« Nous admettons toutefois deux exceptions que l'usage a consacrées : l'une est relative aux articles de discussion politi-

dix années à partir de la publication de l'œuvre originale dans l'un des pays de l'Union. »

que, l'autre aux faits-divers et aux télégrammes. Pour les articles politiques, il y a présomption au contraire que l'auteur en permet la reproduction ; son désir le plus vif est que ses idées se répandent. En outre, la polémique quotidienne deviendrait impossible s'il fallait chaque fois demander à celui qu'on veut approuver ou combattre la permission de le reproduire. Quant aux faits-divers et aux télégrammes, ils émanent presque toujours des bureaux de police ou d'agences qui les fournissent aux journaux. Ce sont des renseignements que l'on paie, mais ce n'est pas une question de propriété littéraire. »

La Convention internationale de Berne du 9 septembre 1886 admet la possibilité de reproduire, en original ou en traduction, les articles de journaux ou de recueils périodiques, « à moins, dit l'article 7, que les auteurs ou éditeurs ne l'aient expressément interdit. » — Elle ajoute que, « en aucun cas, cette interdiction ne peut s'appliquer aux articles de discussion politique ou à la reproduction des nouvelles du jour et des faits-divers. »

Il y a longtemps que nous avons demandé la suppression de l'obligation, pour les auteurs ou éditeurs, de mentionner en tête de l'ouvrage ou sur le livre, l'interdiction de reproduction. Un auteur, disions-nous, ne peut être dépouillé de son droit de propriété sur un feuilleton ou sur une chronique par suite de l'omission, en tête du journal ou ailleurs, de la réserve expresse de ses droits. En décidant que « l'auteur n'est astreint à aucune mention spéciale de réserve ou d'interdiction », le Congrès de 1889 nous a donné pleine satisfaction.

La Conférence internationale de Berne, du 5 octobre 1889, propose également de supprimer de l'article 7 de la convention de 1886 le membre de phrase : « à moins que..... » que nous avons signalé plus haut, et sa cinquième résolution est ainsi conçue : « Les articles extraits de journaux ou de recueils périodiques, publiés dans l'un des pays de l'Union, pourront être reproduits, en original ou en traduction, dans les autres pays de l'Union. — Toutefois, cette faculté ne s'étendra pas à la reproduction, en original ou en traduction, de romans-feuilletons ou d'articles de science ou d'art ».

Cette rédaction, plus concise que celle adoptée par le Congrès, exprime bien la même idée ; mais il faut remarquer qu'elle a le tort de ne pas parler des articles politiques, qui ne pourront pas toujours être compris sous la dénomination d'articles de science. Nous eussions désiré également que la Conférence de

Berne imposât l'obligation d'indiquer le journal ou le recueil d'où l'extrait est reproduit, ainsi que le nom de l'auteur si l'article est signé.

CHRESTOMATHIES ET ANTHOLOGIES.

Nul ne peut reproduire des fragments des œuvres d'un auteur sans son consentement, dans des chrestomathies, anthologies, ou recueils de morceaux choisis.

Telle est la résolution prise par le Congrès de Paris de 1889 : l'intérêt de la science et de l'enseignement ne doit pas faire échec au principe fondamental en vertu duquel l'auteur a un droit absolu de propriété sur son œuvre. « Il est difficile de croire, a dit M. A. Huard (rapport déjà cité) qu'un auteur sera assez mal inspiré pour se refuser à l'honneur qu'on veut lui faire en citant des fragments de ses œuvres comme des exemples pour la jeunesse ou qu'il sera assez cupide pour exiger une rémunération excessive. Ces craintes sont, au moins, singulièrement exagérées. La France s'est toujours montrée aussi soucieuse qu'aucune autre nation des intérêts de la science et de l'enseignement, et jamais elle n'a pris des précautions de ce genre. Elle a toujours reconnu que si on voulait utiliser dans un but scientifique ou pédagogique des œuvres modernes, il fallait demander le consentement de l'auteur. La pratique n'a révélé aucun inconvénient. Ce que l'expérience nous a démontré, au contraire, c'est qu'à la faveur de cette tolérance admise par plusieurs législations, de graves abus se sont produits. Tout récemment un éditeur français se plaignait, à bon droit, de ce que, sous prétexte de chrestomathie ou d'anthologie, dix-neuf poésies d'Alfred de Musset se trouvaient reproduites par un éditeur étranger. Naturellement on avait choisi les meilleures. N'est-ce pas là une contrefaçon déguisée ? »

RÉSOLUTIONS DIVERSES.

Le Congrès de la Société des gens de lettres a, en outre, pris deux résolutions qui s'imposaient et ne sont, en réalité, qu'une application toute naturelle du droit absolu de l'écrivain sur son œuvre. Ces deux résolutions sont ainsi conçues :

La reproduction d'une œuvre littéraire, au moyen de lectures publiques, ne peut avoir lieu sans le consentement de l'auteur.

La transformation et, d'une façon générale, l'adaptation d'un roman en pièce de théâtre, ou vice versa, sans le consentement de l'auteur, constituent une reproduction illicite.

La question de transformation d'un roman en pièce de théâtre a également retenu l'attention des membres de la Conférence de Berne, du 5 octobre 1889, dont la 7e résolution s'exprime ainsi : « Il est à désirer que, dans l'article 10 (de la Convention internationale de 1886 qui, parmi les reproductions illicites, énumère un certain nombre d'appropriations indirectes non autorisées d'un ouvrage littéraire), après les mots : « dans la même forme ou sous une autre forme », les mots suivants soient ajoutés : « par exemple, la transformation d'un roman en pièce de théâtre ou vice versa. »

Enfin les travaux du Congrès de Paris se sont terminés par un vœu, auquel tout le monde peut s'associer sans réserve et qui est ainsi conçu :

Le Congrès émet le vœu que les pays signataires de la convention de Berne s'entendent pour l'unification de leur législation intérieure, de manière à assurer la complète et effective réciprocité sur tous les points.

L'unification des législations intérieures c'est l'idéal qu'il est permis de toujours rêver, ne dût-on même jamais l'atteindre. Plus modeste, et aussi beaucoup plus près de la réalité, est le vœu émis par la Conférence de Berne (1889) et qui est conçu en ces termes : « Il est désirable de voir s'établir entre les différents pays une convention unique fondée sur les législations identifiées ; mais il est du plus haut intérêt que, jusque-là, en vue de conserver les avantages actuellement acquis, les traités particuliers soient maintenus dans ce qu'ils ont de plus favorable que la Convention de Berne de 1886. — Il est d'ailleurs à souhaiter qu'au lieu de conventions séparées, les pays de l'Union qui veulent assurer d'une manière plus large la protection des droits des auteurs concluent entre eux des conventions d'union restreinte. »

II. — Congrès de la propriété artistique.

Le Congrès international de la propriété artistique s'est tenu à Paris, à l'école des Beaux-Arts, du 25 au 31 juillet 1889, sous la présidence de M. Meissonier, membre de l'Institut.

Voici quelques explications sur les résolutions adoptées :

Le droit de l'artiste sur son œuvre est un droit de propriété. La loi civile ne le crée pas ; elle ne fait qu'en assurer et en régler l'exercice.

Le droit de l'artiste consiste dans le droit exclusif de reproduction, d'exécution, de représentation. Nul ne peut reproduire, exécuter ou représenter l'œuvre de l'artiste, en totalité ou en partie, sans son consentement, quelles que soient la nature et l'importance de l'œuvre, et quel que soit le mode de reproduction, d'exécution ou de représentation.

On ne saurait méconnaitre que si l'on est aujourd'hui à peu près d'accord, en pratique, sur les conséquences du droit de l'artiste sur son œuvre, le doute subsiste encore, en théorie, sur le point de savoir si ce droit constitue vraiment un droit de propriété ou s'il n'est qu'un droit spécial qu'il suffit de définir sans déterminer sa nature, comme l'ont fait plusieurs congrès et même certaines lois, notamment la loi belge du 22 mars 1886.

Il parait certain que le droit d'auteur est, en tous cas, un droit de propriété *sui generis* et il reste à se demander si, par ce fait, il convient de lui donner une dénomination spéciale. Un arrêt de la cour d'appel d'Alexandrie du 27 avril 1889, dans un procès où il s'agissait de la Joconde de Ponchielli, a dit que le droit d'auteur n'était pas un droit de propriété mais un droit « qui peut être assimilé au droit de propriété. » On voit que la question est toujours débattue, en doctrine comme en jurisprudence (1), et que, sans vouloir la résoudre d'une façon définitive, il était intéressant qu'elle fût soumise au Congrès de la propriété artistique.

Au surplus n'est-ce pas là une simple querelle de mots, puisque tout le monde semble d'accord pour admettre que le droit d'auteur n'est pas un privilège mais un droit qui ressemble par bien des côtés à un droit de propriété. Laissons donc aujourd'hui en dehors de tout débat cette question d'étiquette et attachons-nous principalement à préciser en quoi consiste le droit de l'artiste sur son œuvre.

Si nous consultons les lois les plus récentes, en matière de droit d'auteur, nous pouvons relever les définitions suivantes :

La loi espagnole du 10 janvier 1879, article 1er dit que la pro-

---

(1) Les travaux législatifs qui ont préparé la loi belge du 22 mars 1886 et la discussion qui l'a précédée au Parlement contiennent de longs et intéressants développements à ce sujet.

priété intellectuelle comprend les œuvres scientifiques, littéraires et artistiques publiées par quelque moyen que ce soit et, suivant elle, les bénéfices de la loi s'appliquent aussi : 1° aux auteurs de cartes, plans et dessins scientifiques ; — 2° aux compositeurs de musique ; — 3° aux auteurs d'œuvres d'art, en ce qui touche la reproduction de ces œuvres par un moyen quelconque (1).

D'après la loi suisse, du 23 avril 1883, article 1er, la propriété artistique consiste dans le droit exclusif de reproduction et d'exécution des œuvres d'art.

Aux termes de la loi italienne du 18 mai 1882 (art. 1 et 2), les auteurs des œuvres de l'esprit ont le droit exclusif de les publier, de les reproduire et d'en vendre les reproductions. De plus, sont assimilés à la publication : la représentation et l'exécution d'une œuvre de nature à être représentée publiquement (œuvre chorégraphique ou composition musicale quelconque soit inédite, soit publiée) ; — l'exécution d'une œuvre d'art faite d'après les esquisses de l'auteur ; — les arrangements de musique et les adaptations ; — les changements de dimension ou de proportion dans les parties et les formes d'une œuvre appartenant aux œuvres du dessin ; — le changement de matière ou de procédé dans la copie d'un dessin, d'un tableau, d'une statue ou d'une autre œuvre d'art du même genre.

La loi hongroise du 26 avril 1884, article 60, s'exprime ainsi : « Le droit exclusif de reproduire en tout ou en partie, de publier et de vendre les œuvres des arts figuratifs du dessin, de la peinture, de la gravure, de la sculpture, appartient à l'auteur de l'œuvre. » Mais cette loi ne protège pas les œuvres architecturales ni les œuvres des arts figuratifs transportées sur des objets industriels.

La loi belge, du 22 mars 1886, article 1er, au contraire, déclare que l'auteur d'une œuvre artistique a seul le droit de la reproduire ou d'en autoriser la reproduction, de quelque manière et sous quelque forme que ce soit.

De même la loi portugaise du 1er juillet 1887, article 602, dit que l'auteur d'une œuvre musicale, d'un dessin, d'une peinture, sculpture ou gravure a le droit exclusif de faire reproduire son

(1) On trouvera le texte français de toutes les lois citées ci-dessus dans : Ch. Constant, *Code général des Droits d'auteur* ; Paris, Pedone-Lauriel, 1888, vol. in-16 de 389 pages.

œuvre par la gravure, la lithographie, le moulage ou par quelqu'autre moyen.

De toutes les définitions que nous venons de résumer, il nous paraît certain que la meilleure est celle que le Congrès de 1889 a acclamée : « Le droit de l'artiste consiste dans le droit exclusif de reproduction, d'exécution et de représentation. » Et l'on peut dire que la définition est parfaite si l'on y ajoute la seconde phrase explicative de la première : « Nul ne peut reproduire, exécuter ou représenter l'œuvre de l'artiste, en totalité ou en partie, sans son consentement, quelles que soient la nature et l'importance de l'œuvre, et quel que soit le mode de reproduction, d'exécution ou de représentation ».

Et maintenant quelle doit être la durée du droit de l'artiste sur son œuvre ? — Sur ce point, il est intéressant de consulter encore les législations étrangères les plus récentes ; et voici ce qu'elles nous apprennent :

D'après la loi espagnole du 1er janvier 1879, article 6, la propriété intellectuelle appartient aux auteurs pendant leur vie et se transmet à leurs héritiers testamentaires ou directs pour une durée de quatre-vingts ans. La durée est la même pour les acquéreurs de la propriété intellectuelle par actes entre-vifs. En cas d'héritiers réservataires, les acquéreurs ne jouissent de la propriété que pendant vingt-cinq ans après le décès de l'auteur. La propriété passe alors aux réservataires pour les cinquante-cinq ans restant à courir.

La protection que la loi des Pays-Bas du 28 juin 1881, articles 13 et suivants, accorde à l'auteur, a une durée de cinquante ans à partir de la publication, c'est-à-dire à compter de la date du récépissé constatant le dépôt de l'œuvre publiée. Si l'auteur survit à cette période de cinquante années et s'il n'a pas aliéné son droit, il en jouira pendant toute sa vie.

En vertu de la loi italienne du 18 mai 1882, articles 8 et suivants, l'exercice du droit de reproduction et de vente est réservé exclusivement à l'artiste pendant sa vie et pendant quarante ans ou quatre-vingts ans après sa mort, suivant les cas. Le point de départ de la durée de ce droit est la date de la publication de l'œuvre. Si l'auteur meurt avant que quarante ans se soient écoulés depuis la publication de son œuvre, le droit exclusif continue jusqu'à l'achèvement de ce délai au profit des héritiers ou ayants cause. Quand les quarante ans sont écoulés, une seconde période de quarante ans s'ouvre, pendant laquelle les héritiers ou ayants cause ne jouissent plus que d'un droit de 5 p. 0/0 sur le prix fort des reproductions.

Aux termes de la loi suisse du 23 avril 1883, article 2, le droit de propriété artistique dure jusqu'à la mort de l'auteur et passe à ses héritiers ou ayants cause pendant trente ans à partir de son décès.

La protection que la loi hongroise du 24 avril 1884, articles 11 et suivants, assure aux artistes contre les atteintes portées à leurs droits dure pendant toute la vie de l'auteur et pendant cinquante ans après sa mort. Pour les œuvres faites en collaboration, le délai de la protection se compte à partir de la mort de celui des collaborateurs qui survit aux autres.

Le droit de l'auteur, d'après la loi belge du 22 mars 1886, article 2, se prolonge pendant cinquante ans après son décès, au profit de ses héritiers ou ayants droit.

Quant à la loi portugaise du 1ᵉʳ juillet 1888, articles 579 et 581, elle confère à l'artiste pendant sa vie le droit exclusif de reproduire son œuvre et de la vendre. Après sa mort, ses héritiers, cessionnaires ou ayants cause conservent le même droit pendant cinquante ans. Pour les œuvres faites en collaboration, la propriété de l'œuvre commune appartient à tous les coauteurs, et la première période de la durée de cette propriété s'étend jusqu'à la mort du dernier collaborateur qui survit aux autres ; celui-ci partage les revenus de la propriété avec les héritiers des collaborateurs précédemment décédés, et la seconde période commence à la mort de ce dernier collaborateur.

En présence de ces divergences dans la durée du droit de l'auteur, le Congrès de 1889 a pensé qu'il convenait de choisir le terme de cinquante années, qui est le plus généralement adopté par les législations étrangères récentes ; mais il a été bien entendu que ce n'était là qu'un minimum, puisque la résolution adoptée est ainsi conçue :

Le droit de reproduction, d'exécution et de représentation doit appartenir à l'artiste pendant sa vie et à ses ayants droit pendant AU MOINS *cinquante années à partir du jour de son décès.*

M. Valadon, éditeur d'estampes à Paris, demandait au Congrès de soumettre, quant à la durée du droit de l'auteur, le droit du graveur à des dispositions spéciales. C'est qu'il y a trois choses à considérer, en effet, dans la gravure : *a*) la composition ; *b*) la gravure elle-même, c'est-à-dire la planche qui est réellement l'œuvre d'art en l'espèce ; *c*) l'épreuve qui n'est qu'un objet de commerce. Pour la composition, si c'est une gravure originale, pas de difficultés ; elle tombera évidemment dans le domaine public à l'expiration des cinquante années comme toute autre œuvre artistique ; de même, si la composition n'est pas originale, si c'est une gravure faite d'après un tableau, elle tombera dans le domaine public en même temps que le droit de reproduction de ce tableau. Mais si nous prenons maintenant la gravure elle-même, c'est-à-dire la planche, doit-elle tomber dans le domaine public en tant qu'œuvre d'art ? — M. Valadon ne le pense pas et, expliquant comment la photographie et la photogravure apportent aujourd'hui des changements dans le commerce de la gravure, l'honorable éditeur voudrait que le droit de reproduction d'une gravure ne s'appliquât qu'à la composition et que la propriété de la planche fût perpétuelle. Cette opinion n'a pas été partagée par les autres membres du Congrès qui ont estimé qu'il était impossible de créer ainsi un privilège pour la gravure.

Abordant ensuite la question capitale pour les artistes, celle de savoir si, dans le silence du contrat, le droit de reproduction appartient à l'acquéreur de l'œuvre ou si ce droit reste à l'artiste, le Congrès a voté, à l'unanimité, la résolution suivante :

A moins de stipulation contraire, l'aliénation d'une œuvre d'art n'entraîne pas par elle-même l'aliénation du droit de reproduction.

La loi française est muette sur cette question, et la jurisprudence des cours et tribunaux qui, pendant longtemps, s'étaient montrés favorables à la solution ci-dessus, continue à s'y montrer contraire depuis un arrêt de cassation de 1842. La plupart des législations étrangères les plus récentes admettent toutes que la cession d'une œuvre d'art n'entraîne pas par elle-même l'aliénation du droit de reproduction, et l'on peut dire que rien n'est plus juste. En effet, le droit de reproduction d'un tableau ou d'une statue a souvent une valeur égale ou même supérieure à celle de l'objet matériel qui a été vendu. Or, dans la pratique, les ventes d'œuvres d'art, entre amateurs et artistes, se font verbalement : « Entre nous, comme l'a si bien dit M. Meissonier, subsiste un sentiment délicat qui fait qu'en achetant l'œuvre les amateurs ne nous laissent pas voir le marché. » Dès lors, si l'acquéreur devient, dans le silence du contrat, propriétaire du droit de reproduction, l'artiste sera presque toujours, sans le vouloir et sans le savoir, dépouillé d'un droit dont il eût pu retirer parfois un grand profit. Bien plus, si l'acquéreur de l'œuvre d'art devenait par là même propriétaire du droit de reproduction, l'artiste n'aurait plus le droit d'interdire une reproduction défectueuse de son œuvre et tout à fait indigne de son talent. On arrive, on le voit, à des conséquences désastreuses que la formule adoptée par le Congrès éviterait complètement si elle était convertie prochainement, — comme nous l'espérons bien — en un texte législatif. Les législations de la Belgique, de l'Espagne, de l'Allemagne, de la Suisse, de l'Italie, de la Hongrie, etc., ont déjà admis un texte conçu en termes à peu près identiques ; le législateur français ne voudra pas attendre plus longtemps sans donner aux artistes cette légitime satisfaction.

Le Congrès de Paris (1889) a d'ailleurs compris que la règle posée dans sa troisième résolution comportait une exception lorsqu'il s'agit, non plus d'une œuvre artistique quelconque : tableau ou statue, mais bien d'un portrait commandé.

Nous croyons qu'il faut maintenir le principe général du droit de reproduction réservé à l'artiste dans le silence du contrat, alors même qu'il s'agit d'un portrait commandé, et le seul tempérament que nous puissions admettre c'est, dans ce cas spécial, la nécessité pour l'artiste d'obtenir l'autorisation préalable du modèle ou de ses héritiers. Il reste d'ailleurs entendu que la copie d'un portrait, dans un intérêt purement familial, peut toujours être faite par le propriétaire du portrait sans l'assentiment de l'artiste ; mais il convient d'en interdire la reproduction dans un intérêt de lucre et pour offrir le portrait au public, par exemple dans le cas où le modèle est ou est devenu célèbre ou populaire, parce qu'alors cette reproduction devient une source importante de bénéfices dont il n'est pas juste de priver l'artiste.

Le Congrès, après une assez longue discussion, n'a pas partagé notre avis sur ce point, et a voté, par 15 voix contre 11, la résolution suivante :

Toutefois le droit de reproduction est aliéné avec l'objet d'art lorsqu'il s'agit d'un portrait commandé.

L'article 64 de la loi hongroise du 26 avril 1884 dit également

que, « pour les portraits et les bustes commandés, le droit de
reproduction appartient à l'auteur de la commande » ; et la loi
belge du 22 mars 1886, dans son article 20, dit aussi que l'artiste
n'a pas le droit de reproduire un portrait commandé « sans l'assentiment de la personne représentée ou celui de ses ayants
droit, et ce pendant vingt ans à partir de son décès. »

Fallait-il faire une seconde exception à la règle générale qui
laisse toujours à l'artiste, dans le silence du contrat, le droit de
reproduction, lorsqu'il s'agit de l'acquisition d'une œuvre d'art
faite par l'État ? — Le Congrès ne l'a pas pensé et a adopté la
résolution suivante :

*L'acquisition d'une œuvre d'art par l'État doit être soumise au
droit commun.*

C'est là, croyons-nous, une solution qui s'impose, alors surtout qu'il est bien entendu que l'État pourra toujours, dans le
seul intérêt de l'enseignement de l'art, autoriser les jeunes artistes à copier et à reproduire les œuvres des maîtres qui figu-
rent dans les musées. C'est en ce sens que doit être compris et
interprété, en France, l'article 6 du règlement du 3 novembre
1878 sur les commandes et acquisitions d'œuvres d'art (1) ; mais
ce serait dépasser le but, ce nous semble, si les copies ou reproductions ainsi faites par les jeunes artistes étaient destinées
à la vente et dans un pur intérêt mercantile.

Si, dans le silence du contrat, l'on accorde à l'artiste le droit
exclusif de reproduction de son œuvre, il ne faut pas aller cependant jusqu'à lui permettre d'exciper de ce droit pour troubler
l'amateur dans la jouissance du tableau ou de la statue qu'il a
acquise ; aussi le Congrès a-t-il décidé que :

*Le propriétaire de l'œuvre d'art n'est pas tenu de la livrer à
l'auteur ou à ses héritiers pour qu'il en soit fait des reproductions.*

Quand on reconnaît à l'artiste un droit de propriété sur son
œuvre, il semble inutile d'ajouter qu'il n'aura pas besoin de

---

(1) Cet article est ainsi conçu : « Les commandes ou acquisitions entraînent, pour l'État, le droit exclusif de faire ou de laisser reproduire, par tous
les moyens qui lui conviendront, les ouvrages commandés ou acquis par lui ».

Il faudrait, à notre sens, le modifier en ces termes : « Les commandes
ou acquisitions entraînent, pour l'État, le droit de faire ou laisser reproduire, dans *l'intérêt de l'enseignement de l'art*, et par tous les moyens qui lui
conviendront, les ouvrages commandés ou acquis par lui ».

remplir une formalité quelconque pour assurer la protection de son droit ; et cependant certaines législations astreignent encore l'artiste à la formalité préalable d'un dépôt. La loi espagnole du 10 janvier 1879, pourtant si libérale, imposé (art. 33 à 37) aux auteurs, en général, l'obligation de faire inscrire leurs œuvres sur le registre spécial de la propriété intellectuelle, et ne dispense de cette formalité que les œuvres qui appartiennent à l'art de la peinture, de la sculpture et de la plastique.

La loi italienne du 18 mai 1882 (art. 21 et suiv.) exige que les auteurs fassent une déclaration et un dépôt. Ils doivent présenter au préfet de la province trois exemplaires de l'œuvre ou un nombre égal de copies faites au moyen de la photographie ou d'un procédé quelconque propre à constater l'identité de l'œuvre. — En Suisse, les auteurs n'ont aucune formalité à remplir pour assurer leurs droits de propriété sur leurs œuvres ; ils peuvent toutefois, à leur convenance, les faire inscrire sur un registre tenu au département fédéral du commerce et sur lequel les œuvres posthumes doivent être inscrites. — En Hongrie, l'inscription sur un registre spécial est obligatoire. — En Portugal, pour jouir des avantages concédés par la loi, l'auteur ou le propriétaire d'une œuvre reproduite par la typographie, la lithographie, la gravure, le moulage ou par quelque autre moyen, est obligé de déposer deux exemplaires à l'Académie des beaux-arts de Lisbonne.

La question devait donc être résolue, au moins dans l'intérêt des traités internationaux à intervenir et le Congrès a voté la résolution suivante :

L'auteur d'une œuvre d'art ne doit être astreint à aucune formalité pour assurer la protection de son droit.

L'opinion contraire avait toutefois rencontré des partisans ; quelques membres se sont efforcés de démontrer la nécessité du dépôt préalable, au moins pour l'enrichissement des bibliothèques et des collections de l'État ; mais on n'a pas eu de peine à établir qu'il y avait injustice à contraindre les graveurs à un dépôt parfois onéreux alors que, par la force même des choses, les peintres et les sculpteurs en seront toujours affranchis.

Ayant proclamé, en principe, que le droit de l'auteur est une propriété, le Congrès a également reconnu que toute atteinte à cette propriété constituait un délit, et un délit de droit commun, qui ne sera, en tous cas, poursuivi par le ministère public que sur la plainte de la partie lésée. Voici le texte de la résolution adoptée :

L'atteinte portée au droit de l'auteur doit être considérée comme un délit de droit commun. — Ce délit ne peut être poursuivi par le ministère public que sur la plainte de la partie lésée.

Notons que, d'après la loi italienne (décret du 19 septembre 1882, art. 35), la contrefaçon littéraire ou artistique peut être poursuivie d'office, tandis que la loi suisse (23 avril 1883, art. 12) n'admet de poursuites que sur la réclamation des intéressés. Il en est de même d'après l'article 26 de la loi belge du 22 mars 1886.

La question de savoir s'il faut considérer comme une contrefaçon la reproduction d'une œuvre d'art, soit par un art différent, soit par l'industrie, ne pouvait présenter de sérieuses difficultés ; il fallait pourtant la résoudre en présence de la loi suisse qui, faisant une regrettable exception avec les autres législations, continue à autoriser la reproduction des compositions musicales par les boîtes à musique et autres instruments analogues (1). En conséquence, le Congrès a adopté, à l'unanimité la résolution suivante :

On doit considérer comme une contrefaçon :

a) Les reproductions ou imitations d'une œuvre d'art par un art différent, quels que soient les procédés et la matière employés ;

b) Les reproductions ou imitations d'une œuvre d'art par l'industrie ;

---

1. — Nous avons critiqué cette disposition de loi dans notre *Code général des Droits d'auteur* (p. 321, note 1) et avons exprimé le regret (*Idem*, p. 20, note 3) que la Conférence de Berne, dans le traité international du 9 septembre 1886, eût adopté un article 3 (protocole de clôture) ainsi conçu ; « Il est entendu que la fabrication et la vente des instruments servant à reproduire mécaniquement des airs de musique empruntés au domaine privé ne sont pas considérées comme constituant le fait de contrefaçon musicale. »

« C'est là une petite galanterie faite à la Suisse, » a dit avec esprit M. Ed. Clunet (*Étude sur la Convention de* 1886, p. 56) ; c'est une galanterie que la Conférence de Berne du 5 octobre 1889 a voulu maintenir tout en la restreignant aux boîtes à musique et aux orgues de Barbarie ; « Il est à désirer, dit la proposition 15 de cette Conférence, que l'article 3 du protocole de clôture soit restreint aux boîtes à musique et aux orgues de Barbarie, et ne soit pas étendu indistinctement à tous les instruments servant à reproduire mécaniquement des airs de musique. »

c) Toutes transcriptions ou tous arrangements d'œuvres musicales, sans l'autorisation de l'auteur ou de ses ayants droit.

« Il est à désirer, a dit la Conférence de Berne du 5 octobre 1889 (11ᵉ résolution), que tous les pays s'entendent pour punir l'usurpation du nom d'un artiste ainsi que l'imitation frauduleuse de sa signature ou de tout autre signe distinctif adopté par lui. »

C'est la reproduction textuelle de la résolution adoptée par le Congrès de la propriété artistique dans sa séance du 29 juillet 1889 ; en voici le texte :

La loi pénale doit réprimer l'usurpation du nom d'un artiste et son apposition sur une œuvre d'art, ainsi que l'imitation frauduleuse de sa signature ou de tout autre signe distinctif adopté par lui.

La Convention internationale de 1886 ne s'était pas prononcée sur cette question. La loi espagnole du 10 janvier 1879 nous semble avoir été la première à adopter une disposition analogue ; son article 46 atteint, en effet, « ceux qui falsifieront le titre ou frontispice d'une œuvre quelconque, ainsi que ceux qui imiteront ces titres de manière à produire une confusion. » — L'article 25 de la loi belge du 22 mars 1886 punit aussi : « l'application méchante ou frauduleuse sur un objet d'art, un ouvrage de littérature ou de musique, du nom d'un auteur ou de tout signe distinctif adopté par lui pour désigner son œuvre. »

La question de la propriété des *œuvres posthumes*, c'est-à-dire de celles qui n'ont été mises au jour qu'après la mort de l'auteur, a attiré tout particulièrement l'attention du Congrès de la propriété artistique.

On sait que les lois de la France, de l'Espagne et de la Belgique protègent les œuvres posthumes et accordent à leurs propriétaires les mêmes droits qu'à l'auteur lui-même. Toutefois, la loi française ne protège que les œuvres littéraires et est muette sur les œuvres artistiques. La jurisprudence française a déjà étendu le bénéfice de la loi aux œuvres musicales ; le Congrès a pensé qu'aucune exception ne pouvait se justifier et a décidé en ces termes :

Il est utile de protéger les œuvres posthumes pendant un temps déterminé afin d'en assurer la publication à ceux entre les mains de qui elles peuvent se trouver après la mort de leur auteur.

On remarquera que le Congrès s'est contenté de proclamer le principe, s'abstenant à dessein de fixer la durée de protection et d'envisager les diverses hypothèses qui peuvent se présenter. C'est là l'œuvre du législateur et non celle de congressistes. Notons toutefois, à titre d'exemple, que l'article 4 de la loi belge du 22 mars 1886 accorde aux propriétaires d'un ouvrage posthume la jouissance du droit d'auteur pendant cinquante ans à partir du jour où il est publié, représenté, exécuté ou exposé. Quant à la loi espagnole de 1879, son article 27 déclare qu'il convient de considérer comme œuvres posthumes, non seulement celles qui n'ont pas été publiées pendant la vie de l'auteur, mais aussi celles qui auraient été publiées avant cette période, si l'auteur lui-même, au moment de sa mort, les laisse retouchées, augmentées, annotées ou corrigées de telle sorte qu'elles puissent être considérées comme œuvres nouvelles.

Ici se termine, en réalité, l'œuvre du Congrès dont nous résumons les travaux au point de vue des principes qui doivent dominer une législation interne sur le droit d'auteur ; il ne lui restait plus, en se plaçant sur le terrain international, qu'à exprimer des vœux sur les traités internationaux et, plus spécialement, sur la Convention internationale de Berne du 22 septembre 1886, dont la révision est annoncée comme probable en 1891 (1).

Les résolutions du Congrès sur ce point ont une grande importance et se formulent ainsi :

a) Il est désirable que tous les États adoptent, en matière de propriété artistique, une législation reposant sur des bases uniformes.

b) Le Congrès émet le vœu que les œuvres artistiques soient protégées dans tous les pays ; il pense que cette protection ne doit pas être subordonnée à la condition de réciprocité.

c) Les artistes de tous les pays doivent être assimilés aux artistes nationaux et jouir du bénéfice des lois nationales pour la reproduction, la représentation et l'exécution de leurs œuvres.

d) Bien qu'il soit désirable de voir s'établir, entre les différents pays, une convention unique, il est d'un haut intérêt que, jusquelà, les traités particuliers soient maintenus en ce qu'ils ont de

(1) Se reporter à l'article 6 du protocole de clôture et à notre note publiée dans le *Code général des Droits d'auteur*, p. 23.

*plus favorable que la convention de Berne de 1886 et que les lé-
gislations intérieures.*

*e) Il est à désirer que les conventions artistiques soient indé-
pendantes des traités de commerce.*

*f) Il est à désirer également que les conventions internationales
s'appliquent non seulement aux œuvres postérieures, mais encore
aux œuvres antérieures à la signature de ces conventions.*

*g) Spécialement, en ce qui touche la Convention de Berne de
1886, il conviendrait de faire disparaître le paragraphe 3 de
l'article 9, aux termes duquel les œuvres musicales ne sont protégées que si « l'auteur a expressément déclaré sur le titre ou en
tête de l'ouvrage qu'il en interdit l'exécution publique. »*

Disons de suite que cette dernière résolution a également
trouvé place dans les vœux exprimés par la conférence de Berne
du 5 octobre 1889 : « L'article 2 de la convention de Berne, dit
le sixième vœu, n'imposant, pour la garantie du droit des auteurs, que l'accomplissement des formalités prescrites par la législation du pays d'origine, il est désirable que la conférence
diplomatique supprime la seconde partie du paragraphe 3 de
l'article 9 qui, en imposant la formalité d'une mention d'interdiction en tête des œuvres musicales, semble en contradiction
avec les dispositions du paragraphe 2 de l'article 3. »

Mais il est deux autres questions sur lesquelles le Congrès de
la propriété artistique ne s'est pas prononcé et qui a fait, au
contraire, l'objet de vœux de la part des membres de la conférence de Berne : nous voulons parler de la *caution judicatum
solvi* et des photographies.

Lorsqu'un artiste veut intenter et soutenir un procès, pour
faire reconnaître son droit d'auteur, dans un pays qui n'est pas
le sien et où il n'est pas propriétaire, on sait qu'il doit déposer
une caution destinée à assurer le paiement des frais et des dom-
mages-intérêts auxquels il peut être condamné s'il perd son procès. De bons esprits réclament la suppression de cette mesure,
spécialement en faveur des écrivains et des artistes, comme elle
l'est depuis longtemps en faveur des commerçants et industriels
devant la juridiction consulaire (1). La conférence de Berne a
émis un vœu en faveur de cette suppression, que nous avions
nous-même réclamée au Congrès de la propriété artistique, en

---

(1) M. Cattreux a publié une intéressante étude sur ce sujet dans le *Droit
d'auteur* de Berne (1889, p. 73 et 87).

faisant toutefois observer que la question de la suppression de la *caution judicatum solvi* était étroitement liée à celle de l'exécution des jugements étrangers dans les divers pays et que de la solution de l'une dépendait évidemment la solution de l'autre. La conférence de Berne semble avoir tenu compte de notre observation puisque son vœu se formule en ces termes : « Il est désirable que dans les procès relatifs aux contestations que peut faire l'application de la convention de Berne, la *caution judicatum solvi* soit supprimée, mais qu'en même temps les jugements définitifs rendus dans l'un des pays de l'Union soient exécutoires dans les autres, suivant les formes et sous les conditions indiquées dans l'article 16 du traité franco-suisse du 15 juin 1869 » (1).

En ce qui concerne les photographes et les photographies, la question de savoir s'ils sont des artistes et si leurs œuvres constituent des œuvres artistiques a longtemps été discutée. Il semble qu'aujourd'hui on soit disposé à considérer la photographie comme une production artistique, lorsqu'elle se met au service de l'art et de la science. L'article 1er du protocole de clôture de la convention internationale de Berne admet au bénéfice de cette convention les œuvres photographiques qui ont le caractère d'œuvres artistiques, et la conférence de Berne vient d'adopter les deux résolutions suivantes :

a) Il est à désirer que les photographies originales, publiées dans un des pays de l'Union, soient protégées dans les autres, ou que du moins il se forme une union restreinte entre les pays

---

(1) Cet article est ainsi conçu :

Art. 16. — La partie en faveur de laquelle on poursuivra, dans l'un des deux États, l'exécution d'un jugement ou d'un arrêt, devra produire au tribunal ou à l'autorité compétente du lieu ou de l'un des lieux où l'exécution doit avoir lieu :

1° L'expédition du jugement ou de l'arrêt légalisée par les envoyés respectifs, ou, à leur défaut, par les autorités de chaque pays ;

2° L'original de l'exploit de signification dudit jugement ou arrêt ou tout autre acte qui, dans le pays, tient lieu de signification ;

3° Un certificat délivré par le greffier du tribunal où le jugement a été rendu, constatant qu'il n'existe ni opposition, ni appel, ni autre acte de recours.

Sur la représentation de ces pièces, il sera statué sur la demande d'exécution... par l'autorité compétente dans la forme prescrite par la loi. Il ne sera statué qu'après qu'il aura été adressé à la partie contre laquelle l'exécution est poursuivie, une notification indiquant le jour et l'heure où il sera prononcé sur la demande.

dont les législations protègent la photographie à un titre quelconque.

b) Il est à désirer que, dans l'article 1ᵉʳ du protocole de clôture, les mots « dans les pays où le caractère d'œuvres artistiques n'est pas refusé aux œuvres photographiques » soient remplacés par ceux-ci : « dans les pays où les œuvres photographiques sont protégées par la loi. »

Tel est le résumé des travaux et des résolutions des deux Congrès internationaux de la propriété littéraire et de la propriété artistique ; on peut, croyons-nous, se rendre ainsi compte de leur importance et espérer qu'ils ne resteront pas stériles.

CHARLES CONSTANT,

Avocat à la Cour d'appel de Paris,
Membre du conseil judiciaire de la *Société des artistes français*
et de l'*Union centrale des arts décoratifs*,
Secrétaire du Congrès de la Propriété artistique.

DU MÊME AUTEUR :

Code général des Droits d'auteur sur les œuvres littéraires et artistiques, contenant le texte, avec notes et commentaires, de la convention internationale du 9 septembre 1886, ainsi que la traduction française des lois internes des divers États d'Europe et diverses conventions particulières intervenues entre eux. 1888, 1 vol. in-16.

Code des théâtres, à l'usage spécial des artistes, des auteurs dramatiques et des entrepreneurs de spectacles. 2ᵉ édition, 1882, 1 vol. in-18.

De l'exécution des jugements étrangers dans les divers pays. Étude de droit international privé. 1883, in-8.

Imp. G. Saint-Aubin et Thevenot, St-Dizier (Hte-Marne). — 30, passage Verdeau, Paris.